逆走する
時間

大島邦行

思潮社

詩集　逆走する時間

大島邦行

思潮社

目次

Ⅲ

画＝清水 明
装幀＝思潮社装幀室

逆走する時間

I

〈わが背子を大和へ〉の余白に

窃(ひそ)かにという卜書きが消えて　寒く
佇む陰りが愛の形に草木を揺らす
ざわめく夜の鳥たちを宥(なだ)めて
あの人が越えていく
大和へ　現(うつつ)の
詐術のただなかに

（椿の花芽が転がる音がします

幼い日日の追憶を封印して
あの人の
傾げた仕草に点る
青く　奪われた性の奥に
濡れた落葉の吐息が貼りついて

（森の洞に石塊を投げ入れたのでしょうか

暁のまえの
一束の光の重さを背に
あの人は灌木の枝を肩で払う
わたしの名を呼ぶように風が鳴り
返されることのない恋歌が空を渡る
どこへ行くのでしょう
凍る声を閉じ込めたあの羽ばたきは

（華やぐ朝の戸口で耳鳴りがします

首都の空に欺かれるために
きょうを過ぎる
政事（まつりごと）のうそ偽りに切れ端のように漂い
正史のただなかで
首を横にふることも
縦にふることも系譜の闇を深くするばかりの
祟り　濁る秩序の一切を
嘴を水に浸したままの後ろ姿に
この両の手を合わせる
綻びを繕う血の縁が崩れても
この夜の記憶が
肺の奥で透明になるまで

重なり合うはずの時間を見送る

＊万葉集第二巻、「大津皇子の窃かに伊勢神宮に下りて上り来たりし時に、大伯皇女の御作りたまひし歌」、〈わが背子を大和へ遣るとさ夜ふけて暁露にわが立ちぬれし〉（一〇五）

余白に1

（あなたは　統治する男たちを
まるで彫像家がするように
この上なく　立派な姿に
仕上げられましたね）

乾いた風が庭先をとおりぬける
語る言葉の魂が白く輝き
燐寸細工のような議論の果てに
ここにある国家は熱く

背もたれに深く真昼の太陽と戯れている
筋肉質の武勇伝が激しく香り
骨肉の悲劇は泡となって
テアトロの
小鉢のなかに発酵する

詩神の慰めにふと眼をあげると
遠近のぼやけた視界に
オリーブの丘がうねるその向こう
禿げた岩山の連なりは底なしの
空の青さに溶けている
微睡む午後に
明るい情報が喜々として語られ
過剰な敬語の騙し合いが延々とつづき
競争から戦争へ

美しさを語り
正しさや勇気の徳が世界の深さを装い
喜んだり悲しんだり

この世の始まりに怒りはなく
差しだす手に泣いたり笑ったり
眠れない夜は瞼を開き
待つことのない自在　もどかしさをはねのけ
魂は石になって成熟する
下手な匠の細工はいらない
命が傾く治療を捨てて
吹き出物はあたりまえの
異臭　どこもかしこも
猫も杓子も
同じ眼の高さの奇蹟は

神々が休息する頁だ
あるべきことへの疑問が芽吹く前の
石の
抱きしめたくなるような

＊丸括弧引用はプラトン『国家』第七巻（藤沢令夫訳）より。

余白に2

賢治のようには
前世を信じないから
おれには鹿や熊の言葉がわからない
わかろうとも思わないまま
犬の排泄物を踏みつけた　世俗のあれこれ
うなだれる首が重く
認知された誤認のなかに
ツツピーツツピーツツピー

チュルルル
いつかは墜ちる罪を背負い
忙(せわ)しない自由を孕み　不惑の
火の鳥まがいの軽佻
浮薄の名辞があの世の通路に消える

（質を消去して　それを
機能へと換算する傾向は
合理化された労働様式をつうじて
科学から一般大衆の
経験世界へと
伝染し）

人の小ささの現世は
犬や猫を同じ目の高さで愛撫する

話しかけるときの二人称
あなた
わが子を誇示するかのような三人称
彼／彼女
育む愛の幻想に
性の苦悶を抱きかかえ
立ちはだかる神のまえでは
博愛の
ひたすら〈物〉に耐える感傷の時間だ

（その世界を　ふたたび
　山椒魚の世界同然のものに退化させる）

もし　おれの前世が
山椒魚だとしても

それはおれの失策（エラー）ではない
驚くべきことは
体脂肪の偏差が国家の秩序を乱すことだ
世間はまんべんなく
体と心の物語に充ち
沸騰する健康神話の空間に
甘美な　美しい肉体への波動
おれの放縦は分別ざかりの芋のようで
憎悪の眼差しに
また　長い一日が昏れる

独白はおれの失策（エラー）ではない
今月の占い欄に自分を整理し
分別された未来に落胆する日課の
おれの失策（エラー）は

心の鰣を蛙への嫉妬で塞いだことだ

＊丸括弧引用はホルクハイマー／アドルノ『啓蒙の弁証法』（徳永恂訳）より。また作中「失策」は井伏鱒二『山椒魚』による。

余白に3

（果たしてお客さんのお気に召すかどうか
待て　アンコーのフライとそれから
卵味噌のカヤキを差し上げろ
卵味噌だ
卵味噌に限る
卵味噌だ　卵味噌だ）

疾風怒濤の一人芝居は延々とつづく
セピア色の人情が

ここにあって　風土の
あれもこれも
次から次へと豊かさを繕う饗宴に
ほとばしる羞恥が執拗に戦争の臭いを消す
こんなにも夥しい淋しさの温もり
白色電球の暗がりで
ひとつひとつが
背を擦り合って生きてきたのだ
ここにしかない愛の
蝶にならなかったものたちの
故郷の言葉が　暴力的に弾んでいる
あれもこれも
全て
ここにあってここにしかない抑揚
律動　息づかい

たっぷりのアイデンティティーに
放棄したはずの〈津島修治〉が
鉢の開いた頭に怒りのように襲いかかる
これがおれなのか　と
雨後の余韻に自責が混ざって
おれであったはずの熱い土を捏ね上げる

＊丸括弧引用は太宰治『津軽』（二蟹田）より。

余白に4

（あんたは女房はいなさるか
　女房は大事にせにゃいけん
　盲目になっても
　女房だけは見捨てはせん）

かつての筋骨はぼろぼろに
崩れる時間に笑い　波うち
お茶請けのない縁側に踞る
あんなに広かった世界は　いま

茶柱の一本に喜ぶ
縁先の猫の額の
その先の思念には倦み飽き
放蕩の果て
武勇伝からは女たちが一人去り
また　一人去り
莫蓙のうえ藁一本の思い出だけがここに
声もなく寄り添い
最後の縁（えにし）
老いは合掌の形でやってくる

＊丸括弧引用は宮本常一『忘れられた日本人』より。

余白に5

（他の一銭の塩の債を負ふが故に
牛に墜ち
塩を負ひ駈はれて
主の力を償ふ）

荒ぶる祟りを鎮めよ
スサノヲのように
蛭子のように
泣き叫ぶ者は川に投げ入れろ

淵に沈めよ
白リン弾は爆竹のように弾け
戦車が砂礫の丘を越えてやってくる
悪霊祓い

ここでは
檻のなかで塵芥を食うようなものだ
怒りが真っ直ぐに憎悪に変わる
何百年
何千年
かさついた空気を吸い込んだ五体に
きな臭い瓦礫の街は
いつの間にか　荒ぶ前世の転生／魔界
この砂の
岩だらけの

ただ空があるだけの
背をこすり合い生きた
小さな収穫だけだの土地に
銭一文の債務があったか
世界を食いつぶす輩が
肥大する国境の
そこまで
債権をかざしてなだれ込んでくる

蜜蜂のかすかな羽音に
睡魔のような時間の
それだけの午後の陽盛り
約束された土地から鳩が逃げだし
天秤が傾いたまま
荒野に

一本のオリーブが行き場を失う

＊丸括弧引用は『日本霊異記』中巻第三十より。

余白に6

（火曜日

　記すことなし。存在した）

若田さんが帰還する夜は
〈きぼう〉が宇宙から降ってくる
錯覚に
咳払いひとつせず　敬虔に
罪多き地球が
この無菌に耐えうるか

美しい音信は異物を排除できるか
訝かりながら
ここにない〈きぼう〉で埋め合わせる
偽の時間を生きて

昨日の転倒での外傷はなく骨折もないという
ことです頭部ＣＴにより脳萎縮のための硬膜
下水腫はありますが問題はないとのこと一か
所硬膜下血腫があるようです今回できたもの
か以前のものか判断できません一か月後に頭
部ＣＴを撮り経過をみていく必要があります

微細な渦が途切れては
解析されない情緒が倫理となり
また復活するここは

何万年の祈りが墜ちているところだ
音もなく帰還する物語の
暗黒の星雲の白く光る一角を
若い医師の無慈悲な差棒が
ほらほら
ここここ
空壜を突き刺す仕草に　覗き込むおれは
何億という影の連なりの
祖先の通路で右往左往する
ずいぶんよくなって
ほらほら
このお年では　全く驚異的な回復ですよ
まったく
　まったく
キョーイテキ

キョーイテキ
　キョーイテキ
画像から飛び出した鳥の声は
全く愉快だ
あれもこれもの夾雑物の
過去も未来も
ここにあって木霊する

どんな挨拶をしたのか覚えていない
（私は名づけようもない事物のまん中にいる）
膝関節の軋り

＊丸括弧引用はＪ・Ｐ・サルトル『嘔吐』（白井浩司訳）より。

余白に7

（鼠は一生懸命に泳いで逃げようとする
鼠には首の所に七寸ばかりの魚串（さかなぐし）が
刺し貫してあった
頭の上に三寸程　咽喉の下に
三寸程それが出てゐる）

三寸に三寸を足すと
純粋な美しさで
算術の初歩は答え＝六寸をみちびきだす

冷静かつ的確に
〈客観〉という眼に
賞賛の墓石が建てられる

咽喉から頭部にかけて
あるいは　鮎の塩焼きをつくるようにか
七寸からの減法に　一寸の
闇
頸部脳動脈瘤が記憶の余韻を吐きだして
真理は数式に閉じる
明晰な概念が心地よく
気楽な歓声に内向する自分を演じての
垂直な意思

おそらく鼠の実在は

助かることでも
死ぬことの努力でもなかったろう
ただただ　野卑な笑いを背に
まばたきもせず
丸く　ひたすら生きることの瞋恚
神への通路を探る眼は
くりかえす転落に充血し
見られている鬱屈が
真っ直ぐに塵埃になる儀礼として
見開いたままに

罵声を食らって膨らんだ石畳に
魚串を引きずっているあの人
一寸の闇に
クレネ人(びと)シモンの手が伸べられ

身替わりの受難を背負う
風は鉄槌の哄笑を掬いあげ
光となり
夢に見た潮の匂いの
遠くへ
一歩
湿った情緒を静かに葬る

＊丸括弧引用は志賀直哉『城の崎にて』（全集第二巻）より。

廃用症候群

暑さに肢体を伸ばす
ただ遊ばせるだけの無為
視線の先では
体の部位が庭の起伏を眺める
その先で尾長の声は密度をまして　濃く
かつての淫らな記憶に
足十本の指は老いを思考している
与することも

重なり合うことも潔しとしない
構造は　物語の抒情を排し
人型の輪郭の先端で直立するものの
十月と十日
明け放される朝に向けて
誕生はいくつもの夢を育んだはずだ
球体の盛りあがりに
たくさんの祈りは遠い空に消え
五体／満足のささやかな望みだけが
乳の川を流れ下る　そのとき
喜々として
足十本の指は芽吹きを思考する

時間に埋もれる終日（ひねもす）　のたり
老いて果報は寝て待てか

食べて寝て排泄する明快さ
γ－ＧＴＰの数値を反芻する
ひたすら重力に同化する肉体に
神への通路を絶ち
魂を斜めに眺めながらの
気配は廃用症候群
思い出は涙腺を稀薄な塩分に変える
こびりつく目脂に
アフガンの荒野では
銃を支える少年の放恣な足が妙に知的だ

投げだされた淫らな思念に
一匹の螢
「寝そべった詩を書いてはいけません」
もう四半世紀前のことだ

百日紅の花が力に充ちていた夏の
身を削る
敬虔な意思　立ち上がり
それからの
あれこれ
この無骨な親指にもほら　うっすらと
風の鼓動が
足十本の指は凶暴な血を思考している

＊廃用症候群は「生活不活発病」「生活不活動症候群」ともいわれる。

湖畔

名付けえぬものの一切を
名付けようとする欲望の嘴が
季節に戯れるここ
群れる鴨たちの当座の口凌ぎに
ひしめき　割り込み
豊穣のさざ波は巡る季節の岸辺に
永遠　symptom
人びとの戯(たわ)けた歓声が
肉の焼ける匂いを封印する

疥癬病みの犬が蛙のような脱糞のあとに
愛／絆に引きずられて
排泄された魂は放置される
そういえば昨夜は夢見がわるかった
ニオイを嗅ぐ習性が干涸らびて
宇宙の梯子を踏み外す感覚の
闇に迷う恐怖
反転する天の川が股間に熱く
見開いた眼に夜は長い
むず痒い足が枯れ草をかき分け
剥がれた皮は行き場を失い
藻に絡み
不眠の錯乱は惑星の軌道を外れたまま
restless legs symdrome

苛立つ意識の余剰に
風景は屋根裏部屋の欲情を加速し
雑多な未来を漂流する
宙に浮いた足が夜の断片を剥ぎとり
まだ昏れのこる布団の温みが
肉の空洞を埋めている
ここではなにもかもが口を開いて
待つもの　一粒の麦
一粒の柿の種あるいは一枚の宝くじ
境界を食いちぎり
自然を手っとり早く要約する病の
二〇一一年一月　湖畔は
帰還する食欲に悲鳴をあげる
遠くでカイツブリが水に潜った

釦の穴に入り込む
小さな波紋を残すだけの
痩身　綻ぶ暗喩に背を向け
しなやかな曲線が水に溶けている

Ⅱ（無題）

*

もはや　あの　としてしか語れない
あの日
美しい人／人が死んだ
抱え込めなかった（私）の両手は重く
（私）の両足は余震に浮いて
逃げる人／人の凍る声が背中に
地球の皮が剥がされていく
あの高いところへ
あの高いところで

計算違いの情報に摺り切れた魂は
猿のように夢みていたか
あの夜の満天の星を
奇跡のような天の川を　瓦礫のあいだで
藻屑のあいだで

重い瞼は閉じられる
冷えた髪に雪が積もり
放置された肉体は緩やかに震え
緩やかに朽ち
きっとひとつの残骸ひとつの惨劇
春は遮断された

地球が銜え込んだ目鼻から
芽吹きはあるか

創世神話の錯誤が二十世紀を飾り
約束された土地の　扁平な
何もない
あそこの
あの爆発までは　あと何時間

人を
地球を
引き裂いた日　ヒロシマの
あの碑文は六十余年
主語の不在に耐えてきた

言葉が届かない
（私）の時間は水漏れを起こしたまま
恐怖も憤怒も

沈み込んだ地下道に滞留する
地獄の抜け穴の算術は
排泄されてもなお神であることの傲慢さ
ばらまき
浮游し
隠蔽する言葉の群れが
あの
あそこの
不可解な死を共犯＝関係の闇に閉ざす

（私）の言葉よ
あれからの
あの放（た）れ流される明るさ
透明（ぴゅあ）なこころみたいなものから
ひどく薄っぺらな未来図の

一切の関係を絶ち　真っ直ぐに
命につながる（私）の呼吸
われ／われではない（私）の律動
われ＝われにつながる結び目を
あの日の
あの瓦礫のところの
藁しべ一本のところから
実生（みしょう）の地霊がやわらかい風にたわみ
しなやかに舞うであろう
あの　記憶のために
「ふるさと」を歌うな
「赤とんぼ」を歌うな
回収されない言葉のために
がんばろう　否（ノン）
ひとつになろう　否（ノン）

＊
＊

それぞれの沈黙に忍びこむ
あの
撒き散らされた恐怖というやつが
数万年先までの債務を吐きだしている

数値を飴色に変えようが
抱き合い慰め合い
乳の匂いの言葉いっぱいに
火照る未来を演じようが

この記憶はうすれない
いまでも
これからも　地が震えるたびに
こんなものではなかったと　あの日のこと
言葉にならない言葉を発し
ひたすら　叫ぶ音だけ
縋りつく人の手が離れていく　その場所に
特別な
だれのものでもない時間が溶けているのだ
いつまでもあの日が
現在であることの
そして本当の時間が昼となく夜となく
しだいに濃い波となり
（私）の膝を撃つ

（短期的な利益を優先した決定をするとその負担に向き合うのは未来の多くの世代
である）

なぜ　どうして
疑問が糾弾に変わっても
返答は宙に浮いて無恥の水母の顔だ
もはや人を温めはしない火の
言葉の
傲慢さ　無礼さ
引き摺り回される迷子の時間に
壊れる（私）の朝　卓子（テーブル）に林檎が転がる
蜜の香りは失せ
ふくらみに凋れた外皮は
濁った水滴を絞りだす
その染みの　そこここに

さみしい太陽の欠片
綻びた空から鳥たちが墜ちてくる
（来るべき世代に対する責任は　それゆえに特にエネルギー供給および　長期的で
　時間的に限定しない　リスクおよび負担の部分　さらにはこうしたリスクや負担
に結びついた　われわれの行動の結果にまで及ぶものである）

恐ろしい足どりで火を喰いものにした
そして隠した
何もなかったように便器に座り
水底の泥を掻き回す
そんな欺瞞の日常に　ふと
見開いたままの眼が揺れて波立つ
おろおろと
かすかな陽を求めて浮上する魂は

眠らない時間にふるえ　うち寄せ
しなやかに
春の芽吹きに潤むことだろう
言葉が生き返る　ここの
ささやかな場所で
豊かな乳房をもつ女を
太い骨と逞しい上腕二頭筋をもつ男を
たとえここが荊棘（おどろ）であっても
穂がそよぎ触れ合う音の
オンナと呼び
オトコと呼び合う土に還る言葉で
ここに

＊丸括弧引用は所謂「ドイツ倫理委員会の報告」（三島憲一訳）といわれるものによる。

＊＊＊

あの日の
二時五十分
（地震で書店内部の天井が崩れ、抱き合う人たち）
という　一枚の写真の
一組の男と女　あの時の
そこに居合わせた女は
男の胸に顔を埋める
寄り添う体を抱えて
そこに居合わせた男の右腕は

女の頭部をかばう
のけぞる男の
左腕は書棚をつかみ　支えて
二本の木の虚ろな
一瞬　狭い空間に貼りついた静寂に
天井から落下する合板材と
砕かれた繊維状のものの　あわあわ
いま　揺れている
揺れている
息をひそめて息を絶やさず
抱き合う男と女に
（雪のように降りしきる）は比喩ではない
現実の　物の象(かたち)だ

鳥たちの羽ばたきは

欅の街路樹に神の声を探して旋回する
まだ　揺れている
揺れている
時間はどこへ逃げたのだろう
眼は見開いたまま
いつ終わるともしれない沈黙に
名前の知らない
ただただ抱き合うだけ人の足元は
抗しがたい地球の深さに目覚めている
平積みの絵本が動く
端正な明るい未来が激しくズレている
あわあわに水没する
その底に
泣くことなく口を歪め
素足のままの　あるいは首だけの

そこの子

親しい声が断ち切られ
地上の声を封じ込めた形見の
これは昨日のことだ
あるいは明日からの
泥を掻き回す魚に食い破られる闇
その子の頬を撫でられない（私）の
それからは言葉の森を彷徨い
絆を求めて善き人となり
復興のかけ声に善き行いの汗を流した
錯覚　言葉が検閲される
感情が支配される
街の声とかの朗らかさに
迷える羊は放置される

責任は燃料棒を銜えて右往左往する
これも昨日のことだ
あるいは明日からのことだ
終わりのない道が宙に浮いて
賑やかな言葉に抱き合う
名前をもつ人たちの寂しさ

＊丸括弧引用は河北新報／二〇一一年三月十一日（金）号外の二面より。

Ⅲ

散種

痩せこけた風の消息が柱に凭れかかり
黒光りする時間は呪詛の
肉の鎖を直立させる
血族の離散した夜と向きあい
壁の亀裂をなぞり
蜘蛛の巣に絡め取られても
なお唐手で
鼻白む言葉の挑発に耐える
べらぼうな奴らは

牛革の椅子にふんぞり返り
（ろくでもない、
　すばらしき予想外。）* のための
一缶の珈琲　無糖だとか微糖だとかの
この国がまき散らした病理を
フッコーの情緒で埋め合わせる
混濁の中心は洗い流され
この散種された土地は
透明な鋳型に嵌め込まれ
踏む落ち葉のない神聖な貧血に
畦は惚けて
田の形が崩れる
森につづく道は儚さが日盛りに揺れ
蟇蛙の
白い腹に群がる烏の

寂しい性欲
そこに帰る記憶はぼんやりと遠く
稲穂の戦ぎを宙吊りにしたまま
風景は歪む
漬け物石は悪寒に震え
どこかに運ばれた子守歌の
塩辛い休息を揺さぶり
腐食の果てに
それでも水は声をひそめ
滲みでては
一茎の葦を育むということだ
この明るい遊星の海の底では
置き去りにされた靴を銜え込んで
ふつふつと
劫初の泥が舟の形に白熱する

＊缶コーヒーBOSSのCMコピー

粘土

粘土を卓子に投げつけ
その度に　幾度も
活断層の来歴が鈍く
海の底の憤激を弾き返してくる
圧縮された欲望は剥きだしのまま
あの時の　あの一瞬の暴発が
どさりと
ひと塊の海鳴りとなり
鉛色の狂気に燻り(くすぶ)つづける

とめどなく深いところで海は傾き
腐乱した肉が粘土になるまでの
これまでも
これから先も　とめどなく
消費されるいのちの
細い皺に魂の一滴とか
涙の一粒とか
抒情のすり替えは方途を絶たれ
ただただ
生きた時間が神の汚物に塗(まみ)れる
その果ての　安全とは生きながら
死んだようにの保障だ
あの世とこの世の天秤棒の傾き具合を
石棺に押し込める保険の夢は
疲弊する甲状腺と

記念碑とを交換する死のこと
そして道路だけが残る　それだけの
この凌辱された風景に
今日の腐った空気を練り込んでは叩きつけ
この手の平の
ここの付け根で
陰鬱な叫びを親しい肉の塊にかえ
羽ばたく鶴を形づくる
その仕上げに息を吹き込み
ふっくらと
もとあったように
太陽の乳房を肥やすように　そっと
そんな一羽が二羽になり
餌を食み交尾をする
三羽が四羽にと

脹らむ温みが地面に舞い降り
舞い上がる　そんな世界の愛し方を
あの日のそぼ降る雨に
必死に絆を食いちぎった犬の
餓えた尻尾が似合うのはなぜか　と
自問しながら

雲雀

色とりどりに幟が立ち爆竹は弾けて
季節の風が風景の翳りを隈取る
人びとの母音は裏切られ
こをろ　こをろ　と
遠い雷鳴に夢の滴りが墜ちていく
闇に朽ちる骸は
時の喧噪に一個の盲　転がり
埋もれ
圧縮され　やがて熱い土になるまで

浮腫（むく）んだ人語の
ちゃらける未来に声を削る
立ち入ることのできない
ここ禁忌の　波打ち際の結界では
だれもが等しく
記憶の縁（えにし）に沈黙するのだ
息をのむほど美しいとかは
藁屑ほどの後知恵
説教が網膜をくすぐり
喜々として
賑やかに袖を振る烏合の
和合する血縁の同一性へと
歴史の凸凹（でこぼこ）を均していくときの
絆す笑みの不実は　いつのまにか
関節の外れた土地を仮構する

幻の豊葦原
瑞穂の
核物質の水脈をひいて
宇摩志
／阿斯訶比
／比古遅　泥の発芽
罅割れる筒から
聖なる精子が野鼠を撃ち
仔牛は倒れる
肋骨が墓地の形に塚をつくり
麦の穂はざわめく

（腹からの、笑といへど、
　苦しみの、そこにあるべし。
うつくしき、極みの歌に、

悲しさの、極みの想、
　籠るとぞ知れ。）

饒舌の高みで蟇（ひき）の眼が
空の裂け目に貼りついている
透明な陽盛りに四散した声は毀れ
迷走する蒼ざめた神話が
三月の空洞を鎖す

＊丸括弧引用は夏目漱石『草枕』より。作中シェリー（シエレー）の詩「ひばり」による。

Let me assure you.

けっきょく　信じられるのは
四方に引き摺り八方に引き裂く
海象の呻きだけだ
あるべきこととして　確実に
ここにきて加速した
あの寒い日の
増殖する重い舌に舐められ
鞣されたことどもの　友だちだった人と
その奥さんのこと

坂を這いあがる途中に石を握り
そのままに砕かれた
その肉とも
その骨ともつかない塊のうえに
いま貧乏葛が憤然と蔓延る
それだけが　けっきょく　確かに
ここにあった
そして
それからの
土地を均す咀嚼音に烏の笑みがこぼれ
新たな産褥を
何事もなかったように演出する
あったことへの否認　その手続きの
歓喜の涙が鼻汁になる
おもてなしとかの映像の

あなた
あなたがた
under control
統制下のあれもこれも
抒情ゲームに安心が保障される構図に
足枷首枷の　あなた
あなたがた　だ
舌足らずのハ行音サ行音に付着する
保障の　言葉の裏で
喜々として命を弄ぶ変容
その先で
振りあげた拳から転げ落ちて
嘲笑される
有象無象の物象　あなた
あな

た

あ

…

歪んだ空気の底で
陽気なア音に連なる人との　遙かさ
（you）は（私）ではない
（私たち）ではない
悲しさが嗚咽となる沖積土の
草むらを踏みしだいて
過ぎ去ってもなお
ここの縁（へり）に匂い立つ激しさが
腐敗した口の端をこそ否認する

唐突に裸の土地を

真新しい鳥居が唐突に
裸の土地を捥ぎとる
海を背に柏手を打ち
だれも援けられなかった凍る血の
怨を封じ
廃墟の舞台に裏切りを隠しては
帰館を演出する
その入口の杭　御霊へと傾斜する善意の
尊崇の念とやらは

逃げる人を浚い
家を浚った窪みに地図にない道をつくる
無臭の善意が蔓延り
知らず　花を咲かせる此岸に
雀躍する讃歌が鼻垂れた情緒を煽り
魂／消る骸の夢の更新
ただただ記憶を遠ざける詐術だ
笑顔で寄り添う玉砂利の
ここにある軋む不快を蹴散らさなくては
巨きな誤読の産道にこびりつく
垢を洗い流して
空虚な
膿む言葉は〈炉〉端へ投げ返さなくては
きょうの背後で呻く地霊を
臍下（せいか）のそこに納め

瓦礫の無愛想な佇まいの
命の全けむ人のこの場所で
車座になり　笑い
狡猾な手合いから標柱を引き抜く

昨日も夢にあらわれた場所

昨日も夢にあらわれた場所は
どこであったか
あれからの　ただ明るい太陽に追われて
貧血する欅の
その根のあたりで
吐息が生臭く
うつむいて蟻の行列と戯れているすきまに
砲弾を運ぶ物語が挿しこまれてくる
（お前　どこへ行っていた）

（豚を殺しにさ）
軍服姿の若い父が鴨居に微笑む
平和が獲物を物色する欲情に溺れ
膿み湧き　蛆　集る
伝統とやらの挙措に言葉は軽く
命は素通りする
絶対という死　見事な
擬い物に媚びる切れ味の
その露頭の
たとえば戦争が事変に
あのことを爆発的事象にと
いいくるめる言葉の種種の禍事
萎えた草木を引き抜いては
秩序の形が
虚偽の事実に色付けされて　喜々

陽気な粉飾に記憶があやふやに
（世間を騙すには世間の顔色をなさらねば）
脈絡のない手振り身振りの
口舌の醜さが繁茂し
信念の手遊（すさ）びに
盗みとられた小さな果実が
刺草の野に投げだされるところ
この惑星のすみっこに
空壙の骸が横たわる夢の腐敗
見知らぬ空から
血糊を嘗めた雀たちが墜ちてくるとき
爺婆の憤怒の
その子どもたちの
さらに孫たちの
正しい記録の骨を拾うのは　誰か

＊丸括弧引用はシェイクスピア『マクベス』より。

賞味期限

色褪せる懸崖になおも瀆神の火が
朽ちた鉄骨に隠れては
腹に息を吹きこみ
胴体を肥満させ放出する　その不朽の
その虚偽の皮膜の縁を
奪われた問いが渡っていく
うすっぺらな地表で屈む夢の
折りたたまれた幽かな影が
不在の空の傷口を舐める頃合い

罪のない素振りの緩慢な時間が流れ
蜥蜴は尻尾を切り生き延び
羽のない鳥が巣から転げ落ちる
一枚一枚の
散り散りになった魂は苛まれて逃げる
その重さを
この掌で量ることはできない
叩きつけられ殺がれた血は静かに
Pu２３９の半減期をひたすらに生き
二万四千年の
そこからさらにそれの　またその先へ
無限の階段を降りていく入口に
きょうの夜が始まり
―杉作　日本の夜明けは近い　とか
ああ　遠くをみつめる眼差しに

いまでも川は流れているか
寂しく泥む突兀の思いの端に
（夕陽（せきよう）　無限に好し
只だ是れ　黄昏（こうこん）に近し*

* 李商隠「楽遊原」（中国詩人選集15・高橋和巳注）より。

文法

波がさらう足裏の
こそばい
うすっぺらな感覚は舐めるように
肉を削いでいく
夢みた季節はいくつも過ぎた
塩に嗄れた呼吸を整えも
声はくぐもるばかりで
あれからは置いてきぼりだ
手を振ったのではない別れの

時間の傷口は開いたまま
強ばり　巷の素振りに
反響しない現在が喘いでいる
この足裏に呼応する律動は
戦場の陰には、深く名誉と尊厳を傷つけられた女性たちがいたことも、
ではない
戦時下、多くの女性たちの尊厳と名誉を深く傷つけられた過去を、
でもない
いまここにある湿舌を踏みしだいて
語りを　傷つけたとする構文へと
剥ぎとられた主語を拾い集め
屈従の澱みからきょうのおれの足裏を
まっすぐに繋ぐ文法へ
降りつもる時間に擦れあいながら
そこここに

指の火照りが脈打ち
小さな石くれの
半鐘の記憶に歪む木偶であっても
森にたどりつけない卵の悲哀は
たしかに　ひとつの意志に目覚めている

雀の泪

わたしの庭の　さらに小さな
菜園の赤土から
ひとしきり砂浴びをした雀が
尻を端折って逃げていった

夏雲のふたつみつ
何ごともなく押し黙った時間は
そこにある礼節
遠くで子どもの声が爆ぜては消える

老年期の慎ましい日常に
いつまでも青い想念がこびりついて
困ったものだ
あちらの世界をちら見しながら
差し伸べてくる手を拒み
拒みつづけるこの手に忍び込んでは
義は山嶽より重いという
贈与

嘴細が激しく舞い降り
小さな物語が逃げていったあとの
穴　何ごともなかったように小さく
温もりの欠片がそのままに

本当のところは　嘘だろう
死は空からは墜ちてこないのだ
発射装置に片手をかけた地上の言葉は
消えた人体を開放しない

千載青史に列する人たちが闊歩する
国際環境の変化を口実に
永久平和の憧憬を踏み躙り生きながらえ
鴻毛よりも軽い命の覚悟を　と
秤は傾いたまま胃袋を満たす
世間の片隅で背徳に脅えながら
敗走する翼が激しく波うち
食うものがいる　食われるものもいる

あれは「止め卵」だったんだ

卵殻の薄い模様が植え込みに白く
啜りとられた残骸の
未生の重さを仮構する形で

どこかに消えちまったよ
皮膚が　爛れた鼻が脱け落ち
耳も口も　あるはずのものがひとつひとつ
あの角を曲がるたびに

親子丼

鶏を縊る
卵を割る
情愛の欠片を煮つめては
予定調和の器に盛る
成ったものと成るものの履歴が咀嚼され
順次　胃袋のなか
泥の論理に帰着するとろとろの
ふわふわの
湯気に絆される家族の企みは

喜々として舞い
小さな腐食に睡りつづける
味わいはしばし言葉の軌道を逸れて
親子の痕跡は　鶏が先か
卵が先かの先送りに
欲情だけが下降していく
殺戮と幸福権を
原発と居住権をごちゃまぜにする伝の
ひとつの距離の強要に
世間は平穏に未来に沈んでいく
似たものの岸辺では
指先で情報を摘まんでは
方途を断つ遊びに
早熟な抒情は人を殺すのに忙しなく
人が殺されるのはいつものことで

歯肉からもれだす歌の
空っぽさ
他人丼が抜け目なく品書きに笑う
世々に　代々に
永遠に在ることとの受け渡しはつつがなく
神事は死という代価に耳を塞いで
精子が先か
卵子が先かを先延ばしする座に
鶏冠がこっそり発情する
ふくふくと
莢の形に熟れる祝祭は有象無象の
血を清め　嘘八百
八百八町
あれもこれもをちゃらにして
鈴をつけた五輪が走る

新しい装いの甘味が気怠く
丼つながりの巷の時間に
生欠伸を両手に拾いあつめ
もういちど飲みこんで
転がり落ちる（私）が屠られないためにも
（私）の名をもって
鍋釜を叩いて
血糖値の上昇に目覚めていなくては

入江について

重なり潰されては耐え
押しわける肉の芽の泥に
（耳を澄ますと
　寄せては返す波の音が聞こえてきます
降り注ぐ陽のやわらかな光に
照らされた
　青い静かな入り江）
ここはどこだ　いまはいつだ
なみだは　かわいたのか＊

大きな海になれなかった小さな時間が
掃き溜めの底に声をあげている
冷たさに骨をあつめては温(ぬく)く
ひと尋(ひろ)　粗末な家郷の距離を測る
出発は訪れず
言葉は肺腑を突き破る喉のあたりで
桜病葉の
血をにじませている

舌の渇きをなめつくす感傷は
完爾として　記憶の底を浚う
あれからの消息は
買い占められた土地を遠まきに
散乱する光の遠景に溶ける

血と肉の反乱は痛みのない錯覚に
死の時を超え　永劫とかの
完結する美の器に盛られては
かろやかな未来へ
匂いたち　音となり
なつかしさに唱和する涙腺に
醜くふくれあがるもの
普遍
空気がずれる

わたしの背中に暦が落ちていく
日めくりの一枚一枚にしがみつく
甘酸っぱい情緒を払い
さざ波の砂地では
濡れた新聞紙を踏みつける

澱む入江の底の底に
偽物の土地の破片を洗い流さなくては

こわれる時間を逆走する一本の航跡が
まっすぐに水平線にのぼる
そのとき　還ってくる大きな到着のために
静脈のすみずみにまで
太鼓をならそう
透明な飛沫が風になる　そのとき
胸の鼓動を
花よりも香しい仕草で抱えて

＊永六輔「ここはどこだ」（にほんのうた／作曲・中村八大）

青の鏡　付戯れ歌

聞いてみたいことがある
地球は青かったか
海は青かったか
生きるものたちの臭気が波立ち
鰺の干物からにじむ油分に
台所は汚染と除染の境にあって
換気扇の電力消費が死後の風景を量る
そんな外界を
旋回する鷹の眼は青玉に映えたか

原子炉を売り歩くという
俯瞰外交とかのそれも
右から左へお金は抵抗なく流れ
清潔な握手の巧妙な仕掛けに
浄財になる騙し合い
税申告が青色だからといって
欠損金の控除や損金算入の帳簿がすべて
青いとは限らない
近くの児童公園の滑り台は
色が剥がれて遊ぶ子どものいない
腐食

そこを聞いてみたい
けさも庭先の菜園に舞いおりた
三羽　明らかに親子の振る舞いのちぐはぐ

親鳥の餌を口伝えに
幼鳥の嘴が貪欲にみえたのは
なにかのまちがいか
進化や絶滅の定義の変更が
鳥類の歴史を恐竜の系譜の尻尾に
燦然と輝かせ　短い生涯の
四六時中も青い壁の敵に包囲される
無防備な
生きる知恵の遺伝子が泡立ち
排他的経済水域は
青ざめた顔でつめたい血の深みへ

季語が幸う言霊の
一語の瑕疵が命とり
俎上に馬脚あらわすと

踊る批評の最前線　外向きの
能書きだけが連呼され
伝統手法のお墨付き
抜けば玉散る氷の欠片
刃放てば　衆生いいねに浮き足だちて
果ては炎上　豚児の頓死
電脳組織は蜘蛛の巣の
鬱　青筋たてた充血は
視野狭窄に知見の疑い　あり

ＡＮＡ４７１便は右手に磐城の浜を
そこをみながら北上　この辺りは七ヶ浜か
ゆっくりと音もなく平穏無事
舐めるような波頭の幾筋は日々是好日
一路平安　さらに三陸へ

自らの危機（リスク）を隠して静かだ
ぼんやりした意識に
あったことの激しい記憶が更地になって
そこに花を咲かせるとかの
巷の論理に喉がひりひりする
いつかは聞いてみたい
津波を呑みこんだ鼻や口
耳の奥までも世俗の泥芥（どろあくた）が塞いで
見開いたままの混濁に
地球は青いか
海は青いか
波がふちどる断崖のすきまに
小さな入江が鏡のように見上げている

後書

本書は前詩集『KingKong の尾骶骨』（思潮社・二〇〇九年）以降の二五編を収めたものです。詩誌「白亜紀」に発表したものが大部分でありますが、なかに二編、「余白に4」「賞味期限」はそれぞれ『資料・現代詩2010』（日本現代詩人会）と茨城新聞「詩の彩り」に。それらを制作・発表時の順に並べたものです。これだけの作物の収穫に十年近くの月日を要したことに、またその品質に忸怩たる思いがないわけではありませんが、これが全てであり、これだけが私の現在です。その間に師星野徹氏の、そして実父の死がありました。さらにあの地震・津波さらに原発事故は私のなかに大きな空洞を残しました。その空洞を残したままの現在でありますが、それは紛れもない私の事実であります。

本書の構成は「Ⅰ」は地震・津波、原発事故以前の作品で、「Ⅱ」「Ⅲ」がそれ以降ということになります。地震・津波は地球の膨大な熱量が人知を超えてあり、それを目の前にしてただただ言葉を呑みこんだのでした。呑みこんだ言葉を咀嚼するひまもなく、一方の原発の暴発は人知の限りがいかに脆いものか、ことの大きさは言葉を奪ったのです。この何とも奇妙な空洞を抱え、地に足はなく思考は空転するばかりで、そのような折に突然であったか、あるいはいつのまにかであったか、その空洞に忍びこんでは貼りついてくる、あの湿った情緒の充実感に塞がれことになったのです。自分の言葉がみつからないままに、誰も傷つけない世間を演出・強要する合言葉に囲まれていました。怒りは去勢されて癒やしとなり、悲惨な現状は思い出に姿を変えて記念碑となりました。問うこと自体が愚問であるかの風潮に苛立つばかりで、もし忸怩たる思いがあるとすればそのことであります。

だからといって言葉が無力であるとか、人びとの心に届く言葉をつくりださなければならないとかいう位置にはありません。たとえ自分の思考や表現が稚拙であっても、ここにあってここにしかない事実の、状況の不条理と、それに追い討ちをかける言葉の粗雑な不均衡を受けとめなければならないでしょう。しかし飼い馴らしはしてもその状況に埋もれない方途の、生者の現実が死者の重さに拮抗するところでの自分の歩幅を確保したいという願望はありました。

幸いなことに私の所属する詩誌「白亜紀」の同人たちは、そういう言葉・表現の状況に鋭く反応し持続的に追求していました。その姿勢に学びながらこの一冊があります。編集代表者の武子和幸さんには詩の批評性ということについて事細かに付き合っていただきました。また画は前詩集に引き続き友人の清水明さんにいただきました。感謝する次第です。

二〇一七年八月

大島邦行

大島邦行（おおしまくにゆき）

一九四九年、茨城県水戸市に生まれる。
現在、詩誌「白亜紀」同人
　日本現代詩人会、茨城県詩人協会会員
詩集　『海または音叉』（一九七九年・国文社）
　　　『残闕』（一九八四年・国文社）
　　　『水運びの祭』（一九八九年・国文社）
　　　『魂、この藁の時間』（一九九九年・思潮社）
　　　『KingKong の尾骶骨』（二〇〇九年・思潮社）
評論集『言の周、葉の辺』（二〇一三年・国文社）

現住所　〒三一〇―〇〇五五　茨城県水戸市袴塚二―三―四六

逆走(ぎゃくそう)する時間(じかん)

著者
大島邦行(おおしまくにゆき)
発行者
小田久郎
発行所
株式会社思潮社
〒一六二―〇八四二　東京都新宿区市谷砂土原町三―十五
電話〇三（三二六七）八一五三（営業）・八一四一（編集）
ＦＡＸ〇三（三二六七）八一四二
印刷所
三報社印刷株式会社
製本所
小高製本工業株式会社
発行日
二〇一八年二月二十八日